Le Petit Prince

FichesdeLecture.com

Le Petit Prince
(Fiche de Lecture)

I. RÉSUMÉ DE L'OEUVRE

Narré à la première personne, *Le Petit Prince* s'ouvre sur quelques **souvenirs** du narrateur. Il se remémore notamment ses six ans, âge auquel il aimait dessiner des « serpents boas ». Mais, montrant ses « chefs d'œuvre aux grandes personnes », celles-ci lui avaient conseillé de se consacrer à la « *géographie, à l'histoire, au calcul et à la grammaire* »...

Après une enfance solitaire, le narrateur devient aviateur. Et c'est après un **atterrissage forcé dans le désert du Sahara** qu'il va rencontrer le Petit Prince. Après une première nuit d'attente en effet, une voix le réveille qui lui demande : « *S'il vous plaît... dessine-moi un mouton* ».

L'aviateur obéit sous l'effet de la surprise. Mais aucune de ses esquisses de moutons ne semble convenir au Petit Prince. Finalement, il finit par dessiner une boîte avec des trous et annonce au jeune garçon : « *le mouton que tu veux est dedans* ». Cela convient à ce dernier qui, heureux cette fois, observe que le mouton s'est « endormi ».

Narrateur et Petit Prince passent plusieurs jours ensemble. À force de questions, l'aviateur en apprend plus sur l'histoire du garçon. Il vient de **l'astéroïde B612**, planète si petite qu'elle serait « à peine plus grande qu'une maison ». On apprend alors avec le narrateur que l'astéroïde du Petit Prince a un jour été découvert par un astronome oriental, mais qu'avant de l'annoncer vêtu d'un costume et d'une cravate, personne ne l'avait cru. La vie du Petit Prince sur cette planète est organisée autour d'activités quotidiennes telles que ramoner ses volcans (« *mêmes éteints* ») et tailler ses baobabs pour éviter une perforation de B612. Des aquarelles sont imprimées dans le livre : la première d'entre elles illustre justement une invasion de baobabs qui n'auraient pas été coupés. Puis le Petit Prince contemple un coucher de soleil. Un, et non pas le, car l'astéroïde est si petit que se déplacer de quelques mètres suffit à voir le soleil se coucher. Le bonheur est donc à portée de main... ou de chaise, en l'occurrence. D'ailleurs, le garçon déclare avoir un jour assisté à « *quarante-trois* » couchers de soleil...

Le Petit Prince raconte alors **son histoire avec une rose**. Un jour il assiste à la naissance d'une rose absolument superbe. Mais il découvre alors que l'amour qu'il développe pour elle est incompatible avec les épines de la fleur, coquette et exigeante... Il décide donc de quitter son astéroïde et part **explorer les étoiles**. Les personnages qu'ils rencontrent sur son chemin sont très différents : la première planète est habitée par le roi d'un empire artificiel, pour qui le jeune garçon est un sujet, mais qui pense cependant que « *L'autorité repose d'abord sur la raison* ». Sur la seconde habite un vaniteux (pour qui il représente un admirateur) et sur la troisième un alcoolique qui boit pour oublier qu'il boit... il poursuit donc sa route. La quatrième abrite un homme d'affaires propriétaire d'étoiles, et la cinquième un allumeur de réverbères (une fois par minute). La sixième et dernière planète est bien plus grande, et habitée par un géographe écrivain qui attriste le Petit Prince, ses livres ne parlant pas des choses importantes dans la vie, car il est « *trop important pour flâner* ». En revanche, il conseille au Petit Prince d'explorer la Terre, planète à la « *bonne réputation* ».

Rencontres diverses donc, mais avec un point commun : tous sont profondément **seuls**.

Le voilà donc sur la Terre. Rien de nouveau à ses yeux, au premier abord ; la solitude semble être la même sur cette planète. De même, personne ne porte attention aux choses essentielles de la vie. Il y rencontre un serpent qui s'exprime à travers des énigmes, puis une « *petite fleur de rien du tout* », suivie de l'écho des montagnes qui ne fait que tout répéter, Ensuite il arrive au beau milieu d'un jardin de roses, où il découvre avec tristesse que sa belle fleur n'a rien d'unique.

Mais un jour, il **rencontre un renard** qui souhaite de tout son cœur que le Petit Prince l'**apprivoise** ; il lui explique alors ce que ce mot signifie ; et c'est par cet échange que le jeune garçon comprend ce qu'est véritablement l'amitié. Leur discussion a d'ailleurs rendu célèbres des expressions du conte, comme « on *ne voit bien qu'avec le cœur. L'essentiel est invisible pour les yeux* ».

Le Petit Prince continue à rencontrer des gens, aiguilleur, marchand et enfin, le narrateur aviateur, avec qui il passe sept jours. Ce dernier finit par découvrir un puits dans le désert, grâce à l'aide précieuse du Petit Prince : « *ce qui embellit le désert, (...) c'est qu'il cache un puits quelque part* ».

Puis le garçon explique qu'il doit désormais **quitter la planète** pour rentrer s'occuper de sa rose. Un problème se pose cependant. Il ne peut emporter avec lui son corps, bien trop lourd. Le serpent rencontré plus tôt accepte de le « *libérer* » « *dans un éclair jaune* » à la cheville. Et à l'endroit exact où le Petit Prince était arrivé, il « *tomb(e) doucement* » dans le sable...

Le conte s'achève quand même sur une note positive, celle du sourire du Petit Prince, puis de son rire qui, selon le narrateur, durera éternellement parmi les étoiles...

II. PRÉSENTATION DES PROTAGONISTES

Le Petit Prince

Ce personnage est assez énigmatique, malgré ses confidences au narrateur. Chevelure blonde, écharpe éternellement dans le vent, rire cristallin et, malgré tous ces attributs enfantins, une parole exceptionnellement grave. Créé dans un contexte de guerre, les trois baobabs de sa planète pourraient bien évoquer les trois puissances de l'Axe durant la Seconde Guerre mondiale.

Sa naissance n'est pas totalement le fruit de l'imagination de Saint Exupéry, puisque l'auteur lui-même rappelle que, dans un train l'emmenant à Moscou, il a rencontré un enfant endormi dont il livre la description suivante « *Mozart enfant, voici une belle promesse de vie. Les petits princes des légendes n'étaient point différents de lui* ». Puis, la même année, l'auteur s'écrase dans le désert de Libye. Sauvé par une caravane de nomades, il développe déjà l'idée d'une aide presque « tombée du ciel ».

Puis il le dessine. Dans des restaurants sur des nappes de papier, lors de ses sorties, le Petit Prince prend forme. Ses courriers personnels laissent entrevoir la silhouette qu'il va lui donner et, dans une lettre de mai 1940 adressée à Léon Werth (voir la dédicace de l'ouvrage), il esquisse un petit personnage apparemment en colère, sur fond d'une planète habitée par un vieux mouton, des arbres et une rose au premier plan.

Quant à sa personnalité, elle aurait été directement inspirée par celle de Pierre Sudreau ; d'aucuns disent de Thomas de Koninck, le fils d'un ami de Saint Exupéry.

Le Petit Prince parle du monde des adultes, de sa quête qui n'est jamais vraiment définie. Il apprend, comme tout héros lors d'une quête, des valeurs fondamentales : amour, amitié, responsabilité... Pour autant, nous ne savons quasiment rien du Petit Prince. Il n'a ni nom ni prénom ; on sait simplement que son « royaume » est minuscule (« *ça ne fait pas de moi un bien grand prince* »).

Le personnage du Petit Prince est un voyageur de l'espace, pur et innocent, que le narrateur rencontre dans le désert du Sahara. Avant qu'il n'atterrisse sur la Terre, Saint Exupéry fait ressortir le contraste entre le caractère enfantin du Prince et différents personnages adultes en le faisant sauter d'une planète à une autre. Sur chacune d'entre elles, le Petit Prince rencontre un type différent d'adulte et révèle les frivolités et faiblesses de ces personnages. Une fois sur Terre, cependant, il devient à la fois un élève et un professeur. De son nouvel ami le renard, il apprend ce que l'amour implique et à son tour transmet ces leçons au narrateur.

Le Petit Prince a peu des défauts flagrants manifestes des autres personnages, et il est immédiatement dépeint comme un personnage de grande qualité par sa capacité à reconnaître le premier dessin du narrateur comme la représentation d'un boa constrictor. Néanmoins, la peur qu'il éprouve lorsqu'il se prépare à être renvoyé sur sa planète par une morsure de serpent montre qu'il est sensible aux mêmes émotions que le reste des êtres humains. Plus particulièrement, le Petit Prince est lié par son amour pour la rose qu'il a laissée sur sa planète. Ses interrogations permanentes révèlent aussi que la quête de réponses peut être plus importante que les réponses elles-mêmes.

Le narrateur

Le narrateur est suffisamment âgé pour être considéré comme un adulte, mais il explique que s'être écrasé avec son avion dans le désert six ans plus tôt l'a rajeuni. C'était un enfant plein d'imagination, dont le premier dessin avait été une interprétation énigmatique d'un boa qui aurait avalé un éléphant. Finalement, il abandonne l'art pour une profession plus adulte de pilote d'avion, et mène une vie solitaire jusqu'à ce qu'il rencontre le Petit Prince. Il devient son confident et l'intermédiaire entre l'histoire de ce dernier et le lecteur ; mais lui-même connaît ses propres transformations. Après avoir écouté l'histoire du prince sur les enseignements qu'il a reçus du renard, le narrateur lui-même apprend des leçons de l'animal sur ce qui rend les choses importantes, notamment lorsqu'il cherche de l'eau dans le désert. Sa recherche du puits indique que les leçons doivent être apprises à travers l'exploration personnelle et pas seulement par les livres ou les enseignements d'autres personnes.

Tant le narrateur que le Petit Prince sont des protagonistes de l'histoire, mais ils diffèrent de manière significative. Alors que le prince est mystique et surnaturel, le pilote est lui un être humain qui grandit et se développe au fil du temps. Lorsque le narrateur rencontre pour la première fois le jeune garçon, il n'est pas en mesure de saisir les vérités subtiles que le Prince lui présente, tandis que le Petit Prince est capable de comprendre instantanément les leçons que ses explorations lui enseignent. Cette lacune de la part du narrateur fait de lui un personnage auquel nous pouvons plus facilement nous identifier en tant que lecteurs (et êtres humains), bien plus qu'à l'étrange et extraordinairement perspicace Petit Prince.

La rose

Bien que la rose n'apparaisse que dans deux ou trois chapitres, elle joue un rôle crucial au sein du roman dans son ensemble, car sa nature fière et mélodramatique est la cause du départ du Prince. De même, c'est son souvenir qui le pousse à repartir vers sa planète. En tant qu'élément du roman qui gagne en importance en raison du temps et des efforts mis en œuvre par le Petit Prince, la rose incarne les propos du renard sur ce que signifie, en amour le fait de s'investir pour d'autres. Et bien que la rose soit dans l'ensemble vaine et naïve, le Petit Prince l'aime encore profondément en raison du temps qu'il a passé à prendre soin d'elle. De nombreuses lectures ont été proposées pour expliquer la relation particulière du jeune garçon à sa rose : beaucoup s'accordent sur l'idée d'un symbole de l'amour universel et de la responsabilité qui en découle.

Le renard

Le renard apparaît assez soudainement, alors que le Petit Prince est sous le choc d'avoir découvert la banalité de sa rose. Rapidement et au-delà de l'amitié qui surgit entre eux deux, on comprend que l'instruction est un but pour le renard. Il lui fait comprendre à quel point sa rose est importante pour lui. Leur rencontre incarne un idéal de l'amitié, car le renard fait preuve d'altruisme en encourageant le Petit Prince à agir dans son propre intérêt.

Le serpent

Bien que le serpent rencontré dans le désert s'exprime par des énigmes, son langage demande moins d'interprétation que les autres figures symboliques du roman. Le comprendre, finalement, ne nécessite pas de réponses, voire même de poser des questions. Il est celui qui maîtrise les mystères de la vie. Sa morsure vénéneuse est d'ailleurs une allusion biblique et indique qu'il représente une mort inévitable.

III. THÈMES MAJEURS DE L'ŒUVRE

Les dangers de l'étroitesse d'esprit

Le Petit Prince met en lumière l'ignorance qui accompagne toute vue de l'esprit incomplète et étroite. Tous les protagonistes de l'ouvrage ont leurs moments d'étroitesse d'esprit. Dans le Chapitre XIX par exemple, le Petit Prince confond l'écho de sa propre voix avec celle des humains et les accuse à tort de trop se répéter. De tels jugements hâtifs développent des stéréotypes et des préjugés dangereux. Ils empêchent également une constante remise en question et la nécessaire ouverture d'esprit en vue d'une vie heureuse et équilibrée.

L'œuvre de Saint Exupéry caractérise l'étroitesse d'esprit comme un trait propre aux adultes. Dès le premier chapitre, un contraste est établi entre la manière de penser des enfants et celle des adultes par une opposition entre le terne et le superficiel d'un côté, et une grande imagination, sensibilité et ouverture de l'autre. Cette idée est confirmée au fur et à mesure que le Petit Prince relate ses rencontres sur différentes planètes. Le Petit Prince incarne l'ouverture d'esprit des enfants, en tant que vagabond posant des questions sans relâche et prêt à percer les mystères de l'univers.

Cependant, l'ouvrage montre que l'âge n'est finalement pas le facteur décisif de séparation entre adultes et enfants. Le narrateur, par exemple, se révèle être encore capable de comprendre et aider le Petit Prince.

Comprendre et découvrir par l'exploration

Saint Exupéry montre à travers le personnage du Petit Prince et ses voyages à travers l'univers que le développement spirituel est indissociable d'un processus d'exploration. Il y ajoute un autre facteur : celui du partage des sentiments entre le narrateur et le Petit Prince qui, malgré leur grand isolement au beau milieu du désert, parviennent à mieux comprendre leur place au sein de la nature et du monde.

Relations et responsabilité

Grâce aux enseignements du Renard, le Petit Prince découvre que toute relation avec un être aimé entraîne une part importante de responsabilité personnelle. De fil en aiguille, c'est même une responsabilité envers le monde dans son ensemble qui se dessine. Lorsque le renard demande au Petit Prince de l'apprivoiser, c'est aussi pour lui montrer que ce que l'on donne à l'autre est encore plus important que ce que l'on obtient en retour.

Dans la même collection en numérique

Escadrille 80
Inconnu à cette adresse
La controverse de Valladolid
Les Vilains petits canards
Une partie de campagne
Cahier d'un retour au pays natal
Dora Bruder
L'Enfant et la rivière
Moderato Cantabile
Alice au pays des merveilles
Le faucon déniché
Une vie
Chronique des Indiens Guayaki
Je voudrais que quelqu'un m'attende quelque part
La nuit de Valognes
Œdipe
Disparition Programmée
Education européenne
L'auberge rouge
L'Illiade
Le voyage de Monsieur Perrichon
Lucrèce Borgia
Paul et Virginie
Ursule Mirouët
Discours sur les fondements de l'inégalité
L'adversaire
La petite Fadette
La prochaine fois
Le blé en herbe
Le Mystère de la Chambre Jaune
Les Hauts des Hurlevent
Les perses
Mondo et autres histoires
Vingt mille lieues sous les mers
99 francs
Arria Marcella
Chante Luna

Emile, ou de l'éducation

Histoires extraordinaires

L'homme invisible

La bibliothécaire

La cicatrice

La croix des pauvres

La fille du capitaine

Le Crime de l'Orient-Express

Le Faucon malté

Le hussard sur le toit

Le Livre dont vous êtes la victime

Les cinq écus de Bretagne

No pasarán, le jeu

Quand j'avais cinq ans je m'ai tué

Si tu veux être mon amie

Tristan et Iseult

Une bouteille dans la mer de Gaza

Cent ans de solitude

Contes à l'envers

Contes et nouvelles en vers

Dalva

Jean de Florette

L'homme qui voulait être heureux

L'île mystérieuse

La Dame aux camélias

La petite sirène

La planète des singes

La Religieuse

1984 A l'Ouest rien de nouveau

Aliocha

Andromaque

Au bonheur des dames

Bel ami

Bérénice

Caligula

Cannibale

Carmen

Chronique d'une mort annoncée
Contes des frères Grimm
Cyrano de Bergerac
Des souris et des hommes
Deux ans de vacances
Dom Juan
Electre
En attendant Godot
Enfance
Eugénie Grandet
Fahrenheit 451
Fin de partie
Frankenstein
Gargantua
Germinal
Hamlet
Horace
Huis Clos
Jacques le fataliste
Jane Eyre
Knock
L'homme qui rit
La Bête humaine
La Cantatrice Chauve
La chartreuse de Parme
La cousine Bette
La Curée
La Farce de Maitre Pathelin
La ferme des animaux
La guerre de Troie n'aura pas lieu
La leçon
La Machine Infernale
La métamorphose
La mort du roi Tsongor
La nuit des temps
La nuit du renard
La Parure

La peau de chagrin

La Petite Fille de Monsieur Linh

La Photo qui tue

La Plage d'Ostende

La princesse de Clèves

La promesse de l'aube

La Vénus d'Ille

La vie devant soi

L'alchimiste

L'Amant

L'Ami retrouvé

L'appel de la forêt

L'assassin habite au 21

L'assommoir

L'attentat

L'attrape-coeurs

Le Bal

Le Barbier de Séville

Le Bourgeois Gentilhomme

Le Capitaine Fracasse

Le chat noir

Le chien des Baskerville

Le Cid

Le Colonel Chabert

Le Comte de Monte-Cristo

Le dernier jour d'un condamné

Le diable au corps

Le Grand Meaulnes

Le Grand Troupeau

Le Horla

Le jeu de l'amour et du hasard

Le Joueur d'échecs

Le Lion

Le liseur

Le malade imaginaire

Le Mariage de Figaro

Le meilleur des mondes

Le Monde comme il va

Le Parfum

Le Passeur

Le Petit Prince

Le pianiste

Le Prince

Le Roman de la momie

Le Roman de Renart

Le Rouge et le Noir

Le Soleil des Scortas

Le Tartuffe

Le vieux qui lisait des romans d'amour

L'Ecole des Femmes

L'Ecume Des Jours

Les Bonnes

Les Caprices de Marianne

Les cerfs-volants de Kaboul

Les contes de la Bécasse

Les dix petits nègres

Les femmes savantes

Les fourberies de Scapin

Les Justes

Les Lettres Persanes

Les liaisons dangereuses

Les Métamorphoses

Les Mouches

Les Trois mousquetaires

L'étrange cas du Dr Jekyll et de Mr Hyde

L'Ile Au Trésor

L'île des esclaves

L'illusion comique

L'Ingénu

L'Odyssée

L'Ombre du vent

Lorenzaccio

Madame Bovary

Manon Lescaut

Micromégas

Mon ami Frédéric

Mon bel oranger

Nana

Ne tirez pas sur l'oiseau moqueur

Notre-Dame de Paris

Oliver twist

On ne badine pas avec l'amour

Oscar et la dame rose

Pantagruel

Le Misanthrope

Perceval ou le conte du Graal

Phèdre

Ravage

Roméo et Juliette

Ruy Blas

Sa Majesté des Mouches

Si c'est un homme

Stupeur et tremblements

Supplément au voyage de Bougainville

Tanguy

Thérèse Desqueyroux

Thérèse Raquin

Ubu Roi

Un Barrage contre le Pacifique

Un long dimanche de fiançailles

Un secret

Vendredi ou la vie sauvage

Vipère au poing

Voyage au bout de la nuit

Voyage au centre de la terre

Yvain ou le Chevalier au lion

Zadig

À propos de la collection

La série FichesdeLecture.com offre des contenus éducatifs aux étudiants et aux professeurs tels que : des résumés, des analyses littéraires, des questionnaires et des commentaires sur la littérature moderne et classique. Nos documents sont prévus comme des compléments à la lecture des oeuvres originales et aide les étudiants à comprendre la littérature.

Fondé en 2001, notre site FichesdeLectures.com s'est développé très rapidement et propose désormais plus de 2500 documents directement téléchargeables en ligne, devenant ainsi le premier site d'analyses littéraires en ligne de langue française.

FichesdeLecture est partenaire du Ministère de l'Education du Luxembourg depuis 2009.

Plus d'informations sur www.fichesdelecture.com

Notes :